「哇！好美。你看，月亮上的兔子正在搗年糕喔！」媽媽說。

「月亮上也有兔子嗎？」路那問。

孩子的第一本
月球探索繪本

小兔子的
月球
之旅

走著走著，路那發現一件不可思議的事情。

「咦？媽媽，月亮跟著我們吔！月亮上的兔子好像
在問我們要不要一起玩。」

「是啊！真的是這樣呢！」

「我也好想和月亮上的兔子玩。」

他們一邊賞月，一邊走回家。

回到家後，他們發現信箱裡有一張廣告傳單，寫著：
「貓頭鷹旅行社的月球旅行團開始報名嘍！」
「媽媽，是月球旅行團！我想去月球看看。」
「真的！可是今天已經太晚了，我們明天再去
貓頭鷹旅行社詢問。」

好康速報，

即日起只要10顆橡實

就可以報名！

一起去月球旅行吧！

好評大推 1

**看得見
地球！**

月球上可以看得見地球。
從月球看過來，地球非常
美麗。

好評大推 2

**百分百
寧靜空間！**

月球上沒有空氣，所以聽不
到聲音。因為很安靜，不論
做什麼事都可以很專心。

好評大推 3

大力士體驗！

在月球跳起來的高度是在
地球的 6 倍。平常拿不動的
東西，都可以輕鬆舉起來。

月球，是什麼樣的星球？

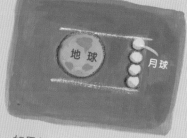

如果把 4 顆月球疊起來，
就和地球一樣高。

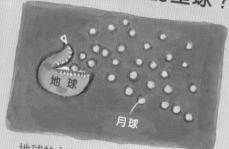

地球的內部可以塞進 50 顆月球。

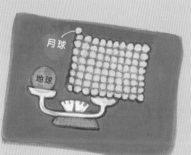

地球大約是 81 顆月球的重量。

月球旅行團報名開始！

貓頭鷹旅行社

洽詢專線 296-296

太空站
見習之旅

去火星旅行吧！

旅遊地點
人氣榜！

一起去月球旅行吧！

好評大推 **1**
看得見
地球！

好評大推 **2**
百分百
寧靜空間！

好評大推 **3**
大力士體驗！

月球，是什麼樣的星球？

月球旅行團報名開始！
貓頭鷹旅行社
洽詢專線　296-296

旅行社

隔天，路那和媽媽一起來到貓頭鷹旅行社。
「歡迎光臨！」
出來迎接的是旅行社社長呼呼先生。

「真的能到月球旅行嗎？」路那問。
「當然嘍！下次滿月時就可以出發。」

「媽媽，我可以去月球旅行嗎？」
「可是，月亮有時滿月，有時新月，
不是嗎？萬一在旅行中，月亮缺角、
變不見的話，那就糟糕了！」媽媽很擔心。

銀河旅遊
行程

從宇宙觀賞

元旦第一道
曙光之旅

「請不要擔心。雖然我們覺得月亮形狀常常變化，但月球其實一直是圓的。是太陽的光，讓我們看到的形狀改變而已。來，你們看這張說明圖。」

呼呼先生向他們說明月亮形狀改變的情形。

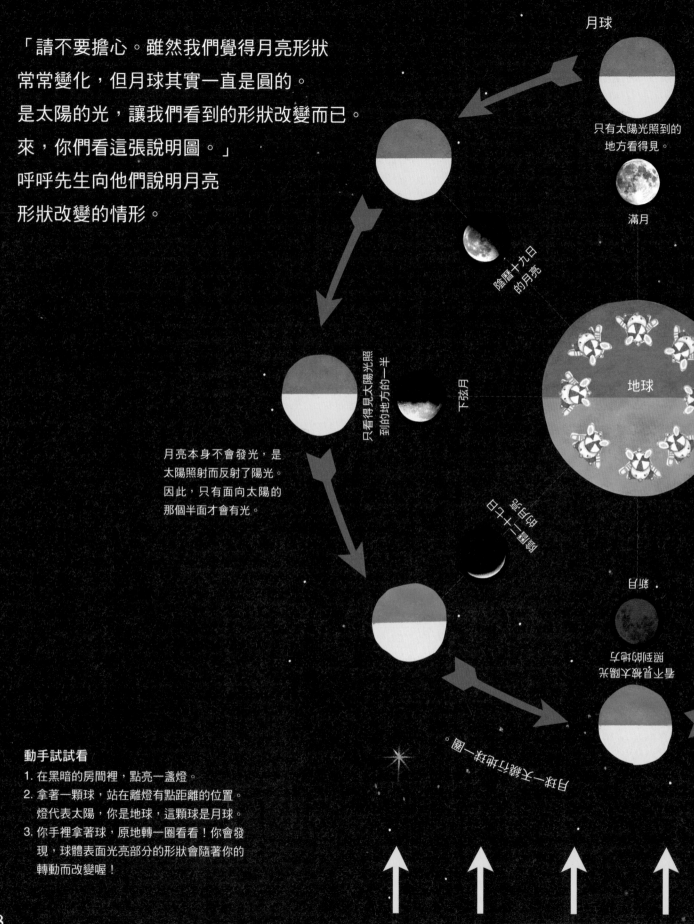

月亮本身不會發光，是太陽照射而反射了陽光。因此，只有面向太陽的那個半面才會有光。

動手試試看

1. 在黑暗的房間裡，點亮一盞燈。
2. 拿著一顆球，站在離燈有點距離的位置。燈代表太陽，你是地球，這顆球是月球。
3. 你手裡拿著球，原地轉一圈看看！你會發現，球體表面光亮部分的形狀會隨著你的轉動而改變喔！

月亮一轉動，反射
亮光那一面的形狀
就會改變，所以看
起來像是月亮的形
狀改變了。

上弦月

轉動書本，從地球沿著
虛線看出去，就是路那
看到的月亮。

可是，媽媽還是很擔心。

「我會當導遊親自帶團，請不要擔心。

月球是很好玩的地方喔！

在月球上，身體會變得很輕，

跳起來的高度是平常的好幾倍。

而且，因為月球上沒有風，

所以腳印會一直留著。

在月球留下腳印，

一定會成為很美好的紀念。」

「哇！太酷了。媽媽，拜託！」

「我明白了。好，你就去吧！」

路那和媽媽從貓頭鷹旅行社回家的路上，
月亮依然跟在他們身旁。

「好想趕快去見月亮上的兔子喔！」
路那望著缺了一小塊的月亮說：
「能和月亮上的兔子一起玩的話，
該有多好啊！」
「出發前，要認真讀呼呼先生給的月球
旅行指南，確實做好準備喔！」媽媽說。

月球旅行注意事項

月球的一天很長。白天和夜晚的長度，
大約各是地球的 15 天（354 個小時）。

夜間會冷到攝氏 -170 度。

白天又會熱到攝氏 100 度。

聽不見任何聲音。

因為月球上沒有空氣，
所以無法呼吸。

路那一回到家，
就立刻翻開月球旅行指南。
夜間溫度會到攝氏零下 170 度那
麼冷。
白天溫度會到攝氏 100 度那麼熱。
「咦！那該穿什麼衣服才好呢？」
因為月球上沒有空氣，
所以無法呼吸。
「哇！那該怎麼辦？」

12

推薦的太空衣
（兔子適用）

氧氣筒裡的氧
氣，大約可用
7 小時。

太空衣可以抵擋來自
太陽的不好光線，例
如紫外線等。而且抗
熱又防寒。

頭盔是適合兔子耳
朵的造型，同時配
有通訊設備。

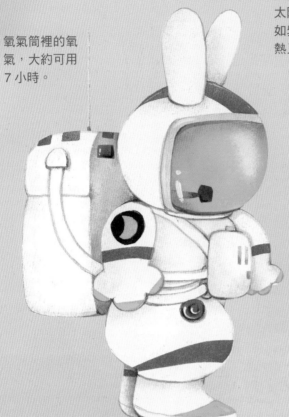

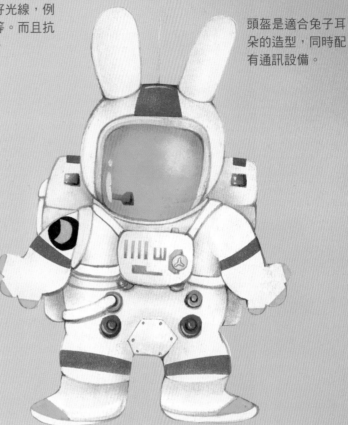

太空衣是一定要準備的喔！穿上太空衣，
可以耐熱又耐寒，而且讓你在月球上也可以呼吸。
「媽媽，月球旅行指南上說要帶太空衣。」
路那慌張的對媽媽說。
「我知道了。出發前，一定會幫你準備合適的太空衣。」
路那鬆了一口氣。
「月亮上的兔子也穿著太空衣嗎？」
路那心想。

隔天，路那讀到月球旅行指南中，
有關「潮汐效應」的那頁。
月球引力的牽引作用，
會導致地球海水的上升與下降。
「月亮真是了不起啊！」

月球的引力非常強。

月球旅行指南

14

地球朝向月球近的那一側，
海水受到月球引力牽引，
海平面升高。

因為地球受到月球的引力牽引，
背向月球那側的海水，
會聚集使水位上升。

導致兩旁的海水
水位減少。

潮汐效應
海水漲潮和退潮的潮汐變化每天都在發生。
有些地方漲潮和退潮時，
海面高度落差甚至會達 10 公尺。
地球表面平常一天會經歷
兩次的海水漲退潮。

月球的形成

月球被認為是 40 億年以前，俗稱「原行星」的星體撞擊地球後的產物。

1

40 億年以前，地球受到原行星的猛烈撞擊。

隔天，路那讀到「月球的形成」那一章節。書上寫著：
「月球就像是地球的手足。」

「說不定，我和月亮上的兔子是遠房親戚。」路那心想。
他更加迫不及待想和月亮上的兔子見面。
「希望滿月的日子趕快來。」

月球旅行指南

16

2 原行星和地球的一部分，
變成粉塵飛散到地球的周圍。

3

粉塵彼此吸附，形成月球。

月球剛形成時，運行的軌道離地球比
較近，運行的速度也比現在快一些。
後來月球的運行軌道慢慢遠離地球，
才形成現在的距離。直到現在，月球
仍緩慢、持續的遠離地球。

終於，滿月的日子到了。

這一天無風無雲，是很適合太空火箭發射的天氣。

森林裡的夥伴都在為賞月做準備。

日本傳說芒草具有避邪
作用，把供奉過的芒草
掛在屋簷前方，一整年
都不會生病喔！

「小心保重，旅途愉快！」
大家紛紛來為路那送行。

日本的賞月活動，原本是為了慶祝秋天作物的收成。
所以過去都是用剛採收的芋頭或蔬菜來祭祀，
但從江戶時代開始，人們改用秋天收成的米做成糰子，
當作祭祀的供品。

在臺灣，中秋節是家人團圓的日子。
習俗有吃月餅、柚子，
也流行在中秋節烤肉。

19

這時，月亮突然缺了一角。

雖然月亮本來就會改變形狀，但是這次缺角的速度，卻是前所未有的快。

「糟糕，月亮快不見了！」路那差點哭出來。

20

缺角愈來愈大，當大家以為
月亮就要消失，月亮
居然變成紅色。

「月亮變成奇怪的顏色了！」

動物們大驚失色。

這時候，呼呼先生不慌不忙的說：
「請稍安勿躁，我們再等一下。」

過了一會兒，紅色的
月亮逐漸消失，平常
的月亮又出現了。

沒多久，

「月亮回來了！」
大家高興的喊著。

22

月亮又回到原本滿月的樣子。

「呼呼先生，剛剛是怎麼回事呢？」
「那叫做月食，是地球的影子遮住了月球，
讓我們暫時看不見而已。不必擔心。」
終於，月球旅行團要出發了！

太陽照不到月球
月食的原理

太陽、地球、月球排
成一直線時，月球被
地球的影子遮住，所
以看不見。這就是所
謂的月食。

地球

月球
（滿月）　　地球
　　　　　的影子

月球遮住太陽
日食的原理

和月食相反，
如果是月亮把太陽
遮住了，就是所謂
的日食。

太陽

太陽　月球
　　（新月）

轟隆！

發出巨大的聲響，
載著太空船的火箭發射
升空了。

24

路那和呼呼先生坐上太空船，繫上安全帶。

火箭升空的倒數計時開始了。

3……2……1……0……·-·

100公里 ★ ★

流星

發射之後，火箭
的各部位陸續解
體分離。

飛機

「呼——」再忍
耐一下嘛！」

「呼——」
呼先
生
說。

10公里

臭氧層

的
身
體
緊
緊
貼
在
椅
子
上
。

國際太空站
400公里

從這裡開始往上，
就進入太空啦！

100000公里

10000公里

1000公里

大空船一直往上前進。

有空氣的地方只到這裡為止。

36000公里

WINDS
（日本超高速
通信衛星）

向日葵號
（日本向日葵
9號氣象衛星）

27

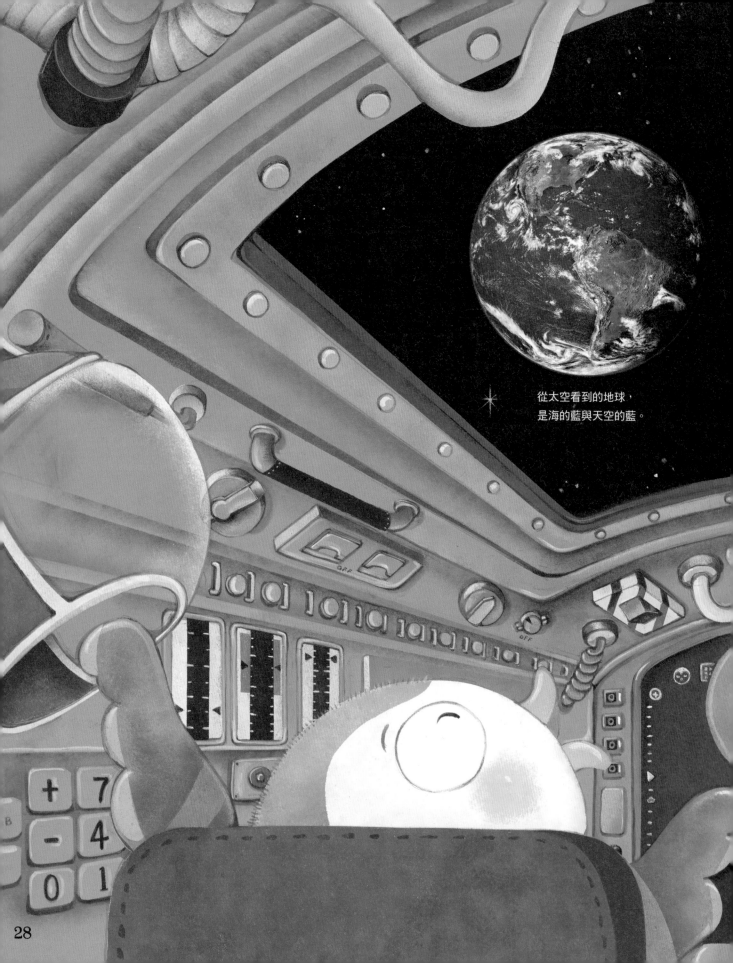

從太空看到的地球，
是海的藍與天空的藍。

路那與呼呼先生乘坐的太空船，已經來到太空。
從窗戶往外看，可以看到美麗的藍色地球，
已經無法判斷路那住的森林在哪裡了。
「可以解開安全帶嘍！」呼呼先生說。
路那一解開安全帶，身體就飄浮起來。
「哇！好開心，我來到太空了。」

月球加 自前

從太空船看月球，比在地球上看得更清楚。

「還要多久才能到月球呢？」路那問。

「大約還要三天。」呼呼先生說。

「咦？還要那麼久。」路那很驚訝。

「是啊！要去月球，比要去地球上任何地方都遠。」

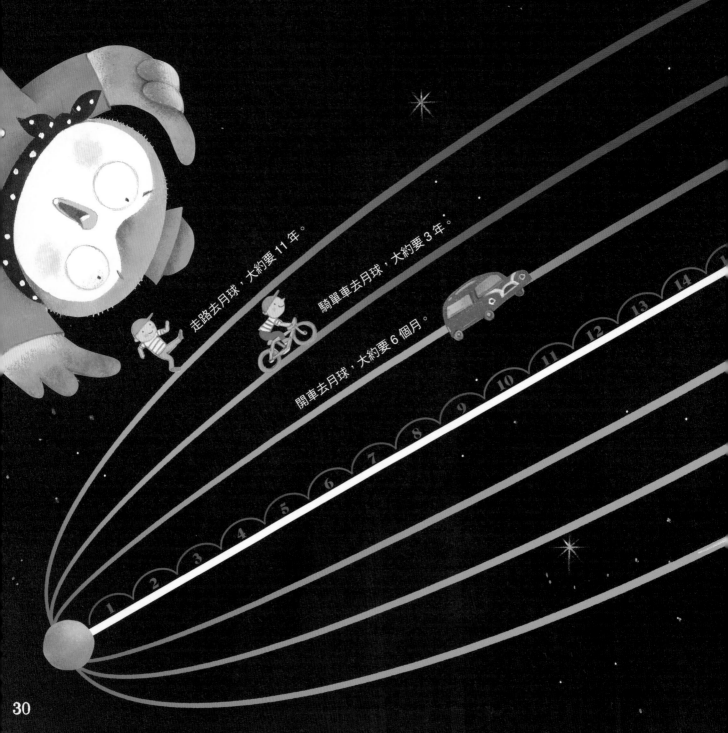

走路去月球，大約要11年。

騎單車去月球，大約要3年。

開車去月球，大約要6個月。

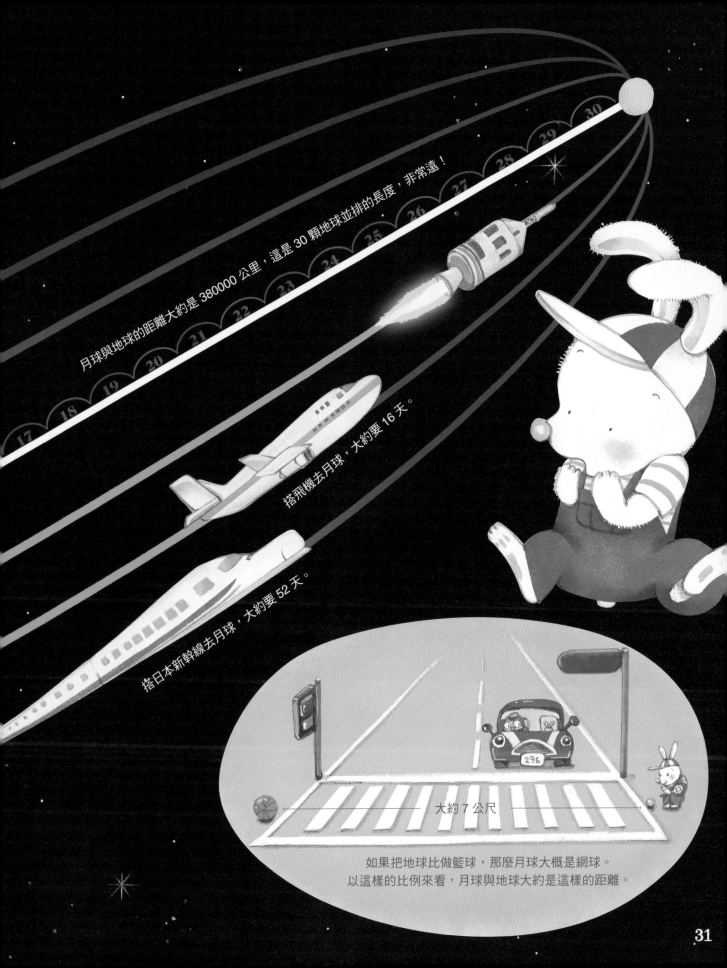

月球與地球的距離大約是 380000 公里，這是 30 顆地球並排的長度，非常遠！

搭飛機去月球，大約要 16 天。

搭日本新幹線去月球，大約要 52 天。

大約 7 公尺

如果把地球比做籃球，那麼月球大概是網球。
以這樣的比例來看，月球與地球大約是這樣的距離。

經過二天，太空船終於來到月球旁邊。
太空船先繞到月球的背面。

月球表面凹凸不平，布滿許多坑洞。
「這麼大的坑洞，是怎麼造成的呢？」
「那叫做隕石坑或撞擊坑，是被巨大岩塊撞擊
產生的痕跡。」
「被那麼大的岩塊撞擊，月球上的兔子還能
平安無事嗎？」路那開始擔心。

隕石坑有的寬幅達
135 公里。

和從地球上看到的月球
不太一樣呢！
因為月球總是以同一面
向著地球，所以從地球
看不見月球的背面。

月球背面

隕石坑被熔岩填滿而形成的
平坦地形，稱為「月海」。
這種地形在月球背面很少。

月海的形成過程

1

剛形成的月球，受到
巨大岩塊撞擊，形成
隕石坑。

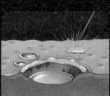

2

隕石坑形成後，表面
冷卻凝固。

3

地面下的熔岩往上冒
出，填滿隕石坑。

4

熔岩從隕石坑溢出
來，往低處擴散。

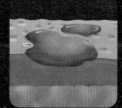

5

熔岩冷卻凝固，形成
表面平坦的月海。

虹灣，看起來像海灣的模樣，寬度是250公里。

喀爾巴阡山脈

太空船繞月球一圈之後，來到月球正面。
呼呼先生從監視器螢幕查看月球地圖，
找尋適合登陸的地點。
月球上也有山脈、河谷、海洋。
「登陸地點，最好選在平坦的月海上。
雖然被稱為月海，其實並沒有海水，
我們就在『靜海』登陸吧！」

阿利斯塔克隕石坑

風暴洋

哥白尼隕石坑，
用雙筒望遠鏡就看得到。

開普勒隕石坑

格里馬爾迪隕石坑

溼海

他們換乘月球登陸艇，
準備降落月球。
路那心想，終於可以見到
月球上的兔子了。

伽桑狄隕石坑

席卡爾德隕石坑

第谷隕石坑

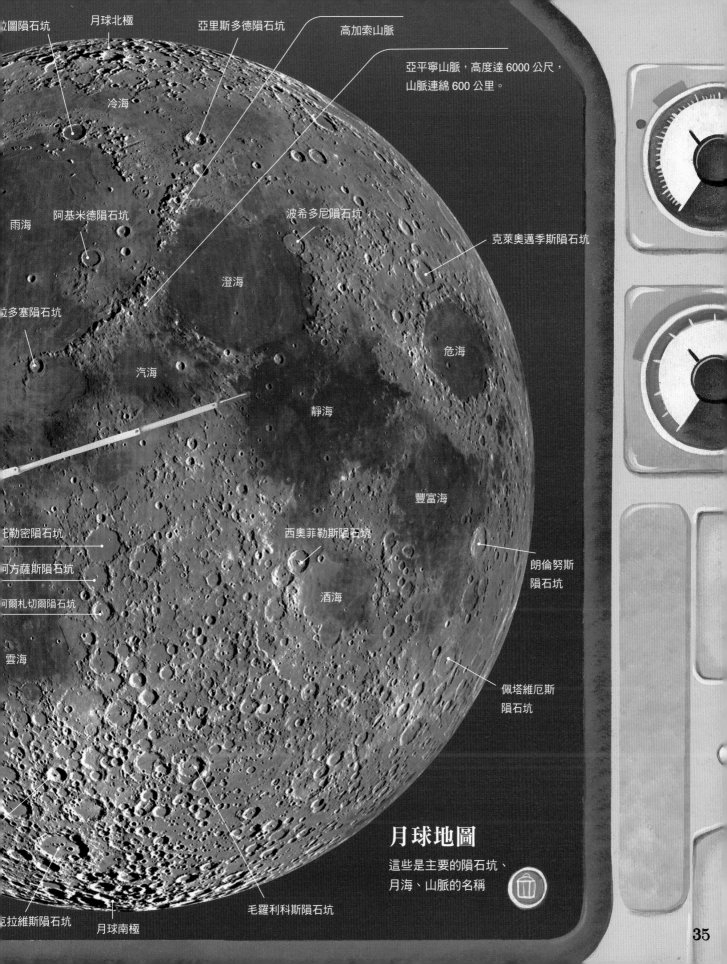

柏圖隕石坑
月球北極
亞里斯多德隕石坑
高加索山脈

亞平寧山脈，高度達 6000 公尺，
山脈連綿 600 公里。

冷海

雨海

阿基米德隕石坑

波希多尼隕石坑

克萊奧邁季斯隕石坑

澄海

拉多塞隕石坑

汽海

危海

靜海

豐富海

毛勒密隕石坑

西奧菲勒斯隕石坑

可方薩斯隕石坑

朗倫努斯
隕石坑

可爾札切爾隕石坑

酒海

雲海

佩塔維厄斯
隕石坑

月球地圖

這些是主要的隕石坑、
月海、山脈的名稱

克拉維斯隕石坑
月球南極
毛羅利科斯隕石坑

終於登陸月球了。

路那跑出登陸艇，踩上月球表面。

月球上完全聽不到任何聲音。

地面覆蓋著細砂，到處都是石頭。

路那踏出一步，因為身體太輕了，居然「啾──」的彈起來。

「哇！真是不可思議的地方。」

月球登陸艇
登陸月球時所使用
的太空船。

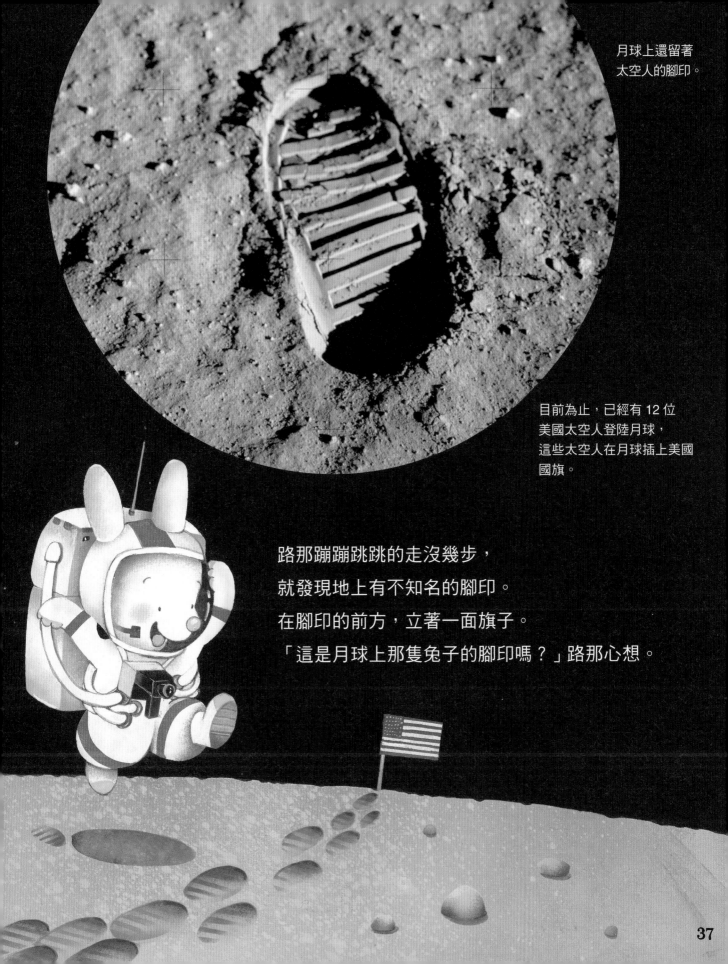

月球上還留著
太空人的腳印。

目前為止，已經有 12 位
美國太空人登陸月球，
這些太空人在月球插上美國
國旗。

路那蹦蹦跳跳的走沒幾步，
就發現地上有不知名的腳印。
在腳印的前方，立著一面旗子。
「這是月球上那隻兔子的腳印嗎？」路那心想。

路那想要尋找月球上的兔子，
他駕駛月球車到處探看。
「咦！月球上的兔子到底住在哪裡呢？」
路那問呼呼先生。

從月球看到的地球

隕石坑

月球登陸艇

月球車
是可以在月球上
行駛的專用車。

月球表面

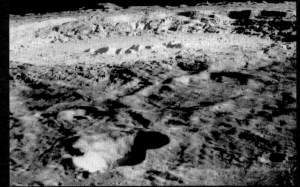
隕石坑的近景

太空人與月球車

「難道你是為了見月球上的兔子
而來的？
如果是的話，實在很抱歉，
月球上沒有兔子喔！
那只是月海的形狀，看起來很像
兔子的模樣而已。」
路那聽了好難過。
這時……

月亮上的黑影
像什麼？

搗年糕的兔子
（日本）

蟾蜍
（中國）

月亮上的黑影，從不同的國家和區域，
看起來都不一樣喔！

有幾個身影從遠方跑過來。

是螃蟹、鱷魚、獅子、驢子、蟾蜍、長髮女子

和一位拿著書的老奶奶。

路那非常吃驚。

「各位，你們怎麼會在月球上呢？」

「我來找月球上的螃蟹。」螃蟹說。

「我想來拜訪月球上的鱷魚。」鱷魚說。

大家都是看到月亮上的黑影，

以為有自己的同類，

為了見面而從地球過來。

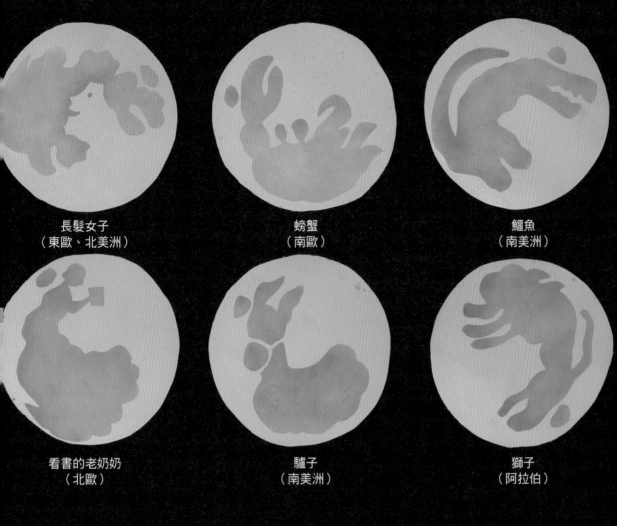

長髮女子
（東歐、北美洲）

螃蟹
（南歐）

鱷魚
（南美洲）

看書的老奶奶
（北歐）

驢子
（南美洲）

獅子
（阿拉伯）

「跟我一樣呢！」
路那的心情變好了。
「那麼，大家一起玩吧！」

於是大家一起打排球、
比賽誰可以舉起大石頭，
還在月球表面畫畫。

天空永遠都是黑暗的。

月球的重力是地球的 6 分之 1。
因此在月球可以舉起比在地球
重6倍的物品。

從月球看亮的地球
大小是從地球看月亮的
4 倍大。
明亮度則是從地球看
月亮的 80 倍。

朝向太陽的地方很熱，
位在太陽陰影的地方很冷。

有時候也會發生輕微的
地震，稱為「月震」。

因為沒有風吹，
也不會下雨，
所以腳印會永遠留存。

袋子中裝著月球上
的石頭，當作伴手禮！

終於到了回家的時刻。

路那雖然沒有見到月球上的兔子，
卻結交許多新朋友。
「再見！」「保重喔！」
大家都搭上各自的月球登陸艇。
「再見，我們回去地球再一起玩吧！」
路那說完這句話，
就和呼呼先生一起搭上月球登陸艇。

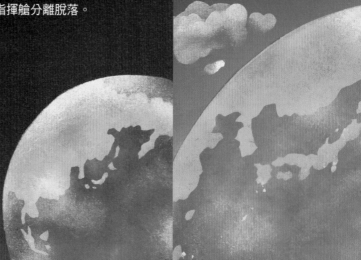

服務艙分離、脫落之後，他們所搭乘的指揮艙，以很快的速度往地球墜落。

服務艙 ——

指揮艙 ——

路那和呼呼先生從月球登陸艇，轉乘指揮艙，快速朝向地球前進。不久，他們已經離地球很近了。

指揮艙與服務艙

指揮艙
裝載著返回地球的必要機械和儀器，返回地球只能搭乘指揮艙。

服務艙
裝載著引擎、燃料、水、氧氣等等。在抵達地球之前，服務艙會從指揮艙分離脫落。

在墜落地球的途中，
降落傘打開了……

啪啦！
指揮艙降落在海面上，
路那回到地球了。

路那的第一次月球旅行
圓滿結束。

「我回來了！」
「路那，歡迎回家！月球好玩嗎？」
「非常好玩！」
路那有好多話想說。

要從哪一件事開始說起呢？
「媽媽我跟你說喔！
月亮啊……」

閱讀與探索

孩子的第一本月球探索繪本
小兔子的月球之旅
（原中文書名──月球旅行指南：小兔子的月球之旅）

監修：縣秀彥｜繪圖：服部美法｜翻譯：林劭貞｜審訂：吳宗信

總編輯：鄭如瑤｜編輯：劉瑋｜美術編輯：劉雅文｜行銷副理：塗幸儀｜行銷助理：龔乙桐

出版：小熊出版／遠足文化事業股份有限公司
發行：遠足文化事業股份有限公司（讀書共和國出版集團）
地址：231新北市新店區民權路108-3號6樓
電話：02-22181417
傳真：02-86672166
劃撥帳號：19504465
戶名：遠足文化事業股份有限公司
Facebook：小熊出版
E-mail：littlebear@bookrep.com.tw

讀書共和國出版集團網路書店：www.bookrep.com.tw
客服專線：0800-221029｜客服信箱：service@bookrep.com.tw
團體訂購請洽業務部：02-22181417分機1124
法律顧問：華洋法律事務所／蘇文生律師｜印製：凱林彩印股份有限公司
初版一刷：2018年4月｜二版初刷：2023年9月｜定價：350元
ISBN：978-626-7224-97-7（紙本書）
　　　978-626-736-100-9（EPUB）
　　　978-626-722-499-1（PDF）
書號：0BNP4008

Tuki no Himitu ga Wakaru Tuki ni Itta Usagi no Ohanashi
© Miho Hattori 2015
First published in Japan 2015 by Gakken Plus Co., Ltd., Tokyo
Traditional Chinese translation rights arranged with Gakken Inc.
through Future View Technology Ltd.

國家圖書館出版品預行編目(CIP)資料

小兔子的月球之旅：孩子第一本月球探索繪本 / 縣秀彥監修；服
部美法繪圖；林劭貞翻譯 . -- 二版 . -- 新北市：小熊出版，遠足
文化事業股份有限公司 , 2023.09
48 面；21×25.6 公分 . --（閱讀與探索）
譯自：月のひみつがわかる つきにいったうさぎのおはなし

ISBN 978-626-7224-97-7(精裝)
1.SHTB: 天文 --3-6 歲幼兒讀物

861.599　　　　　　　　　　　　112010921

小熊出版官方網頁　小熊出版讀者回函

用科學探索未知，展開冒險之旅

　　這本書以有趣的故事與圖畫呈現出許多科學概念，很適合家長或老師帶著孩子們一起閱讀，除了能夠初步了解宇宙萬物，也能享受一段彼此陪伴的美好時光。

　　書中解釋了月相變化、日月食、潮汐現象，以及月球的可能成因等知識，如果師長們有科學背景，再加上適當的解說與引導，有助於建構孩子們的科學概念；就算自己沒有把握解釋清楚「月亮為什麼跟著我們走？」之類的問題，可以善用博物館等資源共同尋找答案，也能鼓勵充滿好奇心的孩子像故事主角路那一樣，勇敢去嘗試、去學習，再帶著他們的體驗與心得回來分享。

　　人類上次登陸月球已是半世紀前的阿波羅計畫（Project Apollo），直到 2020 年，美國國家航空暨太空總署（NASA）才又展開偕同其他機構重返月球的阿提米絲計畫（Artemis Program），世界各國也紛紛啟動月球探測任務。儘管科技與技術早已大不相同，但足見無論時代如何更迭，人們對於月球始終懷抱憧憬，探索未知領域所能感受到的悸動仍舊不曾改變。

　　宇宙很大，世界很有趣，希望大家都能找到志同道合的夥伴，開啟一段段快樂旅程！

臺北天文館展示組組長
陳俊良